农业文化遗产是中国农耕文化的活化石，希望小朋友们通过这套书更好地认识中国农耕文化的传统智慧

李文华

农业农村部全球／中国重要农业文化遗产专家委员会主任委员
中国科学院地理科学与资源研究所研究员
中国工程院院士

图书在版编目(CIP)数据

小红米漂流记 / 孙业红, 焦雯珺著; 张娜绘. —北京: 中国农业出版社, 2018.10

（全球重要农业文化遗产故事绘本）

ISBN 978-7-109-24664-5

Ⅰ.①小⋯ Ⅱ.①孙⋯ ②焦⋯ ③张⋯ Ⅲ.①儿童故事－图画故事－中国－当代 Ⅳ.①I287.8

中国版本图书馆CIP数据核字(2018)第221968号

致 谢

本书在出版过程中得到了农业农村部国际交流服务中心和云南省红河哈尼族彝族自治州世界遗产管理局的热心帮助，得到了红河学院红河哈尼梯田保护与发展研究中心主任张红榛、童书编辑王然和绘本推广人孙慧阳的悉心指导，在此表示诚挚的感谢。

小红米漂流记

XIAOHONGMI PIAOLIUJI

孙业红 焦雯珺 著　 张 娜 绘

顾问：李文华 闵庆文
策划：中国科学院地理科学与资源研究所自然与文化遗产研究中心
支持：农业农村部国际合作司
　　　中国农学会农业文化遗产分会
　　　中国生态学学会科普工作委员会

中国农业出版社出版

（北京市朝阳区麦子店街18号楼）

（邮政编码100125）

责任编辑：刘晓婧　吴洪钟　杨 春　王佳欣

版式设计：黄金鹿

北京中科印刷有限公司印刷 新华书店北京发行所发行

2018年11月第1版　 2018年11月北京第1次印刷

开本：889mm×1194 mm　1/16　印张：2.25

字数：10千字

定价：38.00元

（凡本版图书出现印刷、装订错误，请向出版社图书营销部调换）

全球重要农业文化遗产故事绘本

北京市科学技术协会科普创作出版资金资助

小红米漂流记

孙业红 焦雯珺 著

张 娜 绘

中国农业出版社

北京

山上最高的稻田里住着红米一家，
小红米是家里最小的孩子。
他总是好奇地问哥哥姐姐们：
"山下是什么样子？"

可是，没人能回答他的问题。
因为除了漫漫云海，
他们几乎什么都看不见。

小鱼游了过来，
自信满满地说：
"我敢肯定，
山下什么都没有。"

"不对，不对。"
老水牛摇了摇头，
"山下有一栋栋房子，
和山上完全不一样。"

“你们说得都不对。”
布谷鸟拍了拍翅膀，
“山下还是一片片稻田，
与山上一模一样。”

听完大家的话，
小红米更加困惑了。
他只好向水冬瓜爷爷求助。

水冬瓜爷爷耸了耸肩，
笑着说："小家伙，
山下是什么样子，
你自己去看看不就知道了嘛！"

"可我怎么去呀？"
小红米话音未落，
布谷鸟就衔着他飞了起来。

他们来到森林里一处
泉眼上方。
布谷鸟松开口，
小红米径直掉了下去。
还没等他喊出声，
水就没过了身子。

小红米打着转儿，
顺着一根长长的管子快速滑了下去，
强劲的水流冲得他头晕目眩。

他掉进一口大水井里。
四周黑漆漆的，
只有远处闪烁着光亮。
他朝着光亮奋力游了过去。

一股水流将他猛地推了出去，
一个美丽的村庄出现在他的眼前。

"这就是老水牛说的一栋栋房子吧！"

他陶醉地看着眼前的美景，
不想却一头撞到一个硬梆梆的东西上，
跌落到水池里。

小红米揉了揉脑袋，
抬眼望去，
一个个五颜六色的水桶悬在半空中。

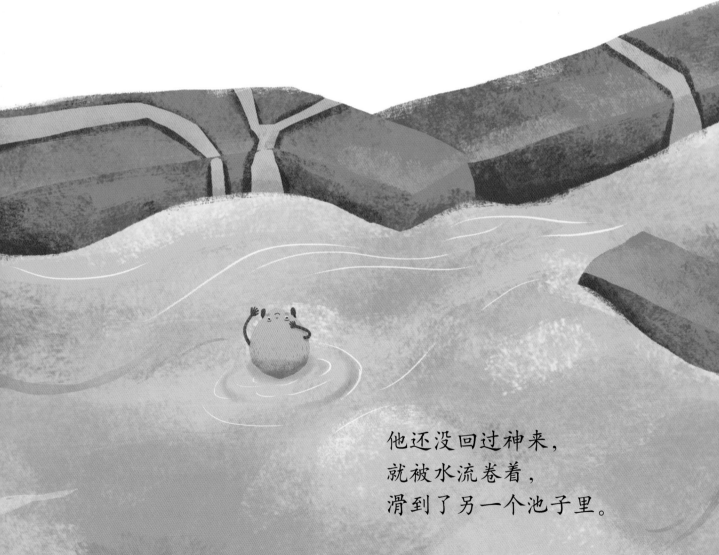

他还没回过神来，
就被水流卷着，
滑到了另一个池子里。

瓜果蔬菜将他团团围住，
好奇地打量着他。
"这是谁啊？"
小红米有点害怕，
小声地说："大家好，
我是小红米。"

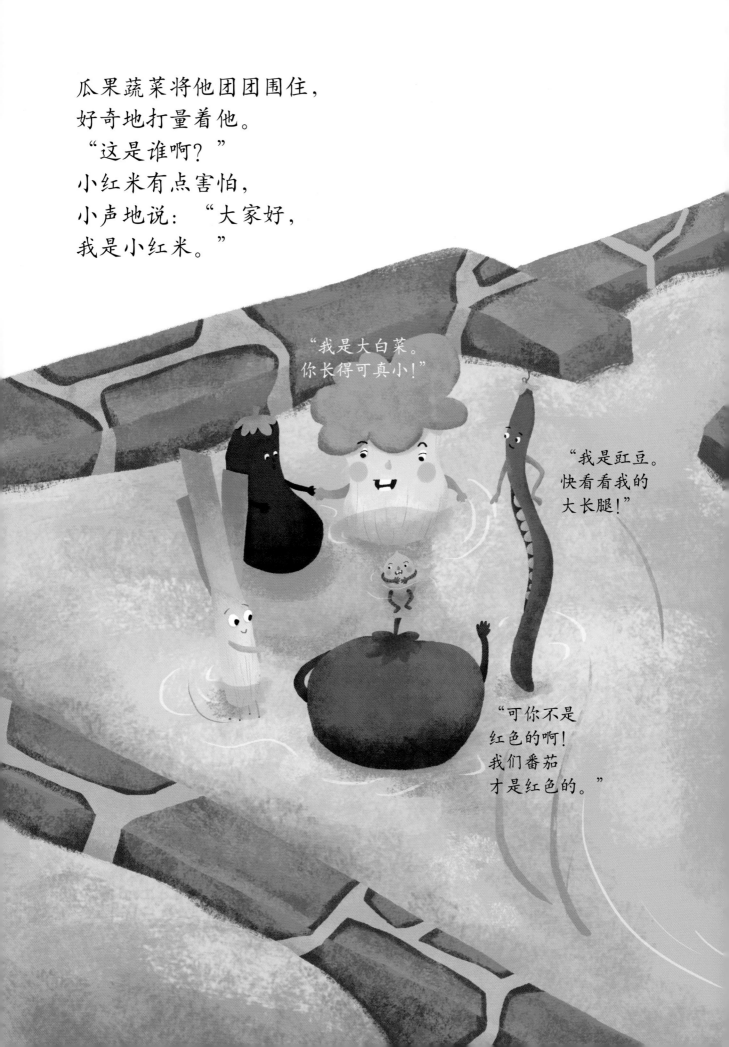

"我是大白菜。
你长得可真小！"

"我是豇豆。
快看看我的
大长腿！"

"可你不是
红色的啊！
我们番茄
才是红色的。"

小红米好想跟大家聊聊天，
可他停不下来，
又被水流带到下一个池子。
池子里浸满了衣服。
小红米钻来钻去，
好不容易才走了出来。

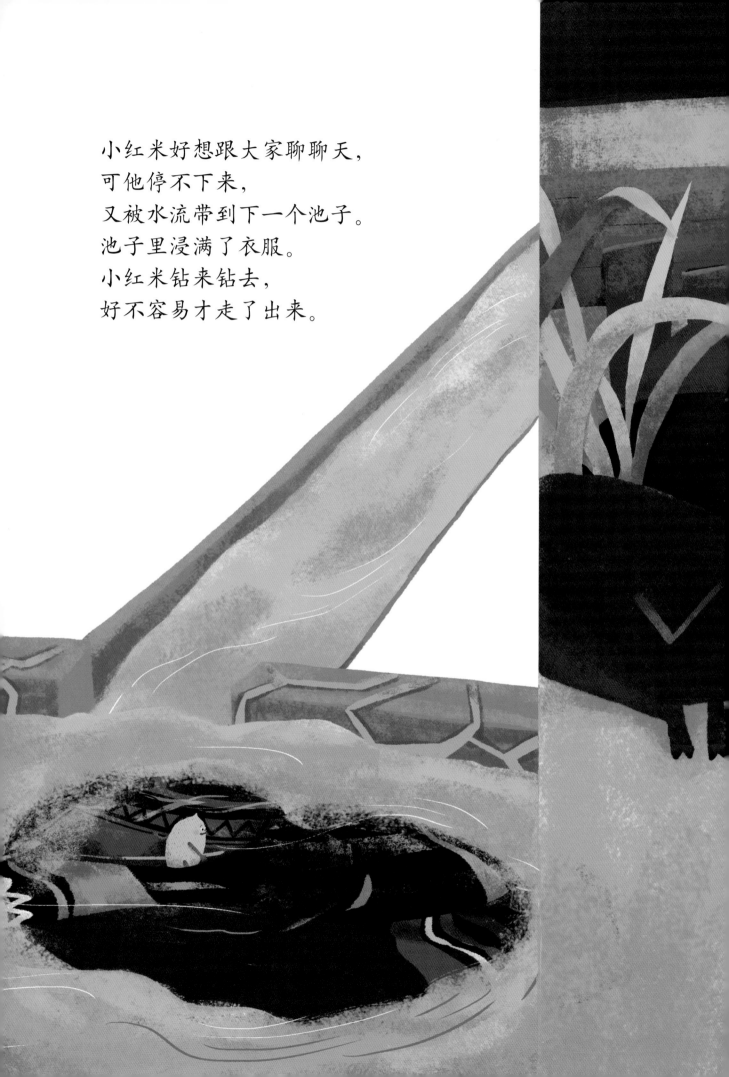

水流缓缓地载着小红米
在村庄里穿行，
绕过一栋又一栋房子。
许多新奇的事物映入眼帘，
目不暇接。

"如果哥哥姐姐们也在这里就好了。"
小红米正出神地想着，
一个巨大的阴影笼罩住他，
尖尖的嘴巴朝他狠命啄了过来。
原来是一只母鸡！

小红米吓得直哆嗦，
一头扎进水里，
一路飞奔下去。

不知不觉离开了村庄，
小红米来到一个分岔路口。
"该往哪边走呢？"

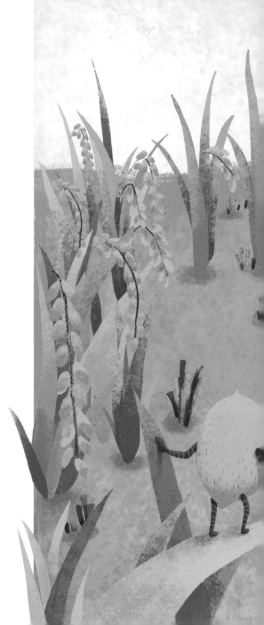

"想去大田就走大路口，
想去小田就走小路口。"
"是谁在说话？"
"是我，分水木刻。
我已经在这里住了几十年了。"

小红米谢过分水木刻，
从大路口一头扎进了一大块稻田。

"这就是山下的稻田啊！"
小红米爬到高处，
看到金色的稻田里，
人们正在热火朝天地割稻子。

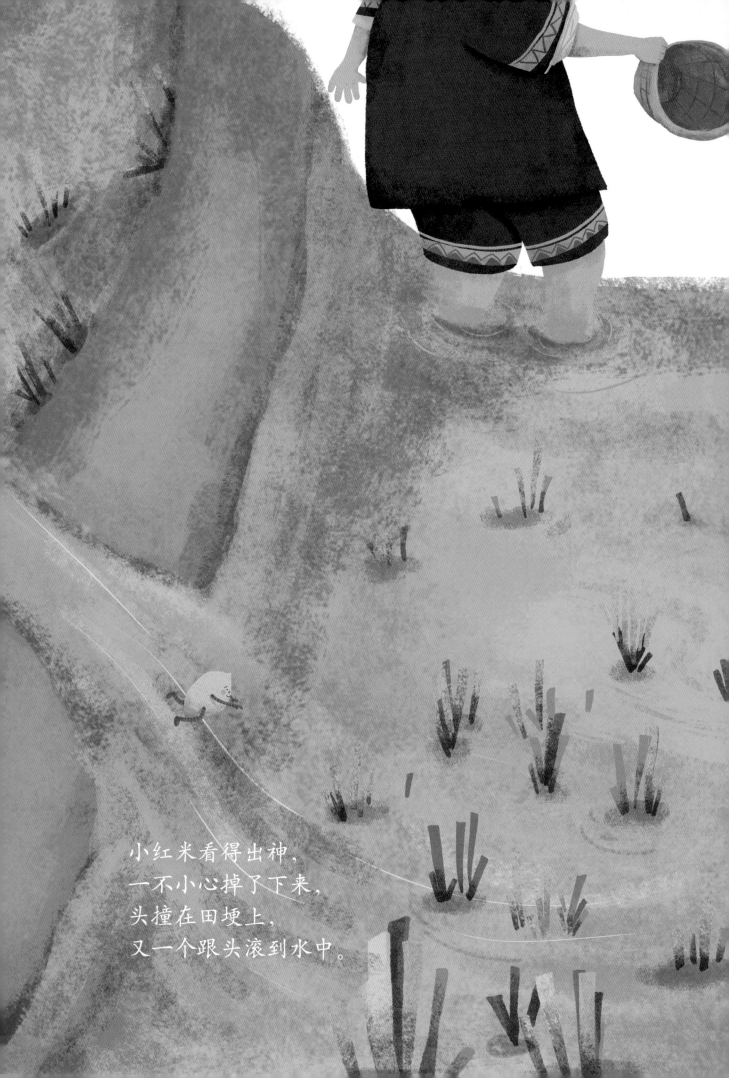

小红米看得出神，
一不小心掉了下来，
头撞在田埂上，
又一个跟头滚到水中。

顺着水流，
他来到另一块稻田。
这里已经收割完了，
孩子们正开心地捉着泥鳅和田螺。

正当小红米手足无措时，
布谷鸟飞了过来，
把小红米又带到空中。
漫山遍野的梯田像画卷一样层层展开，
村庄里的房子就像一朵朵小蘑菇。

"真是太美了！"小红米感叹道，
"山下的稻田跟山上一样美！"

布谷鸟带着小红米来到晒台。
精疲力尽的小红米很快就进入了梦乡。

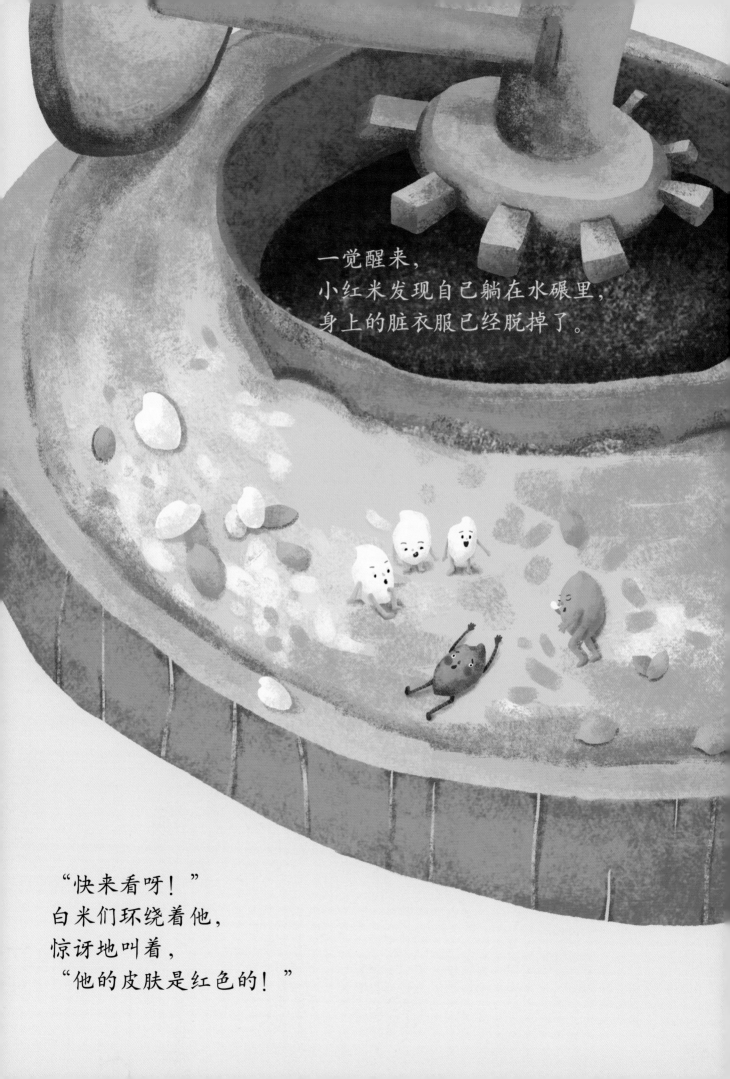

一觉醒来，
小红米发现自己躺在水碾里，
身上的脏衣服已经脱掉了。

"快来看呀！"
白米们环绕着他，
惊讶地叫着，
"他的皮肤是红色的！"

小红米就这样住进了白米的家里。
这位来自山上的客人，
被山下的朋友们热情地招待着。
转眼一个多月的时间过去了，
小红米开始想念自己的家人。

一天早上，小红米刚刚醒来，
忽然身后传来熟悉的声音。
"小红米——"

是哥哥姐姐们！
小红米飞奔过去，
一头扑进家人的怀里。
他兴奋地讲着自己的历险故事。
大家七嘴八舌地讨论着，
直到窗外传来悠扬的歌声才
安静下来。

全球重要农业文化遗产
云南红河哈尼稻作梯田系统

云南红河哈尼稻作梯田系统位于云南省红河哈尼族彝族自治州的元阳、红河、金平和绿春四县，总面积达82万亩，已有1300多年的历史。因其具有极高的历史、文化、生态、经济、科学和美学价值，于2010年被联合国粮食及农业组织列为全球重要农业文化遗产（GIAHS），于2013年被农业部（现农业农村部）列为首批中国重要农业文化遗产（China-NIAHS）。

森林分布在海拔2000米以上的高山区，具有重要的水源涵养功能。每个哈尼族村寨都有一片被虔诚祭祀的寨神林，不允许砍伐，甚至不允许随便进入。而在众多树木中，哈尼人最喜爱、最崇拜的树种当数最能涵养水分的水冬瓜树（学名"桤木"）。

规模宏大的梯田广泛分布在海拔600~2000米的山区，哈尼人根据不同的海拔高度种植不同的水稻品种。在海拔1500~2000米的山区种植着几十个传统水稻品种，其中哈尼红米已经连续种植了上千年，而现代杂交水稻却很难存活。

小朋友们，想知道更多关于小红米的故事吗？让我们一起来读一读吧！

1 哀牢秋色 李昆/摄
2 寨神林 孙业红/摄
3 金色的秋天 杨增辉/摄
4 哈尼人家 李昆/摄
5 哈尼长街宴 金保民/摄
6 哈尼红米 焦雯珺/摄

哈尼人依山就势，在向阳的山腰建设村寨，在村寨的下方及周边开垦梯田，将山泉溪涧从森林引入村寨和梯田，实现了"山有多高、水有多高"的自流灌溉体系，形成了森林、水系、村寨、梯田"四素同构"的景观格局。

村寨分布在海拔1400~2000米的半山区，依坡而建、错落有致的土坯茅草屋被称为"蘑菇房"。蘑菇房一般分为三层，一层多是动物们的家，二层住人，三层由阁楼和晒台组成。哈尼人在村寨里修建水井存蓄山泉，并充分利用水资源修建水碾、水碓、水磨等生活设施。哈尼人还发明了独特的分水方式（木刻分水、石刻分水和沟口分配），来保证梯田水资源的合理利用。

哈尼族的主要节日包括十月年、祭寨神、开秧门、关秧门、六月节、尝新谷等。农历十月是哈尼族新年的开始，是他们最盛大的节日。为迎接新年，全村一同就餐，一个桌子挨着另一个桌子，摆上自家最好的菜肴，故名"长街宴"。

POST CARD